Le Tartuffe

FichesdeLecture.com

Le Tartuffe (Fiche de Lecture)

I. INTRODUCTION

Comédie en cinq actes et en alexandrins de Molière, *Tartuffe* est présentée pour la première fois au Palais de Versailles le 12 mai 1664, en réaction contre la Compagnie du Saint-Sacrement. Celle-ci parvient à faire interdire la pièce pendant des années, malgré le fait que le Roi Louis XIV l'ait appréciée. Il faut attendre 1669 pour que l'autorisation soit donnée de jouer publiquement la pièce. Cela est (entre autres) dû à l'évolution de la situation en France, de la dissolution de la Compagnie du Saint-Sacrement à la signature de la « Paix de l'Église » entre Louis XIV et le Pape.

L'antagoniste Tartuffe, le faux dévot qui a donné son titre à la pièce, a vu son nom rentrer dans le langage courant puisqu'aujourd'hui encore, un tartuffe désigne un hypocrite qui se cache derrière une apparence de bons sentiments. La tartuferie ou tartufferie désigne par conséquent un comportement hypocrite.

II. RÉSUMÉ DE LA PIÈCE

Acte I

Madame Pernelle rend visite à la maison de son fils Orgon, et en profite pour critiquer tous les membres de la famille qui s'y trouvent et pour chanter les louanges de Tartuffe, leur pensionnaire, qu'elle considère comme un homme saint et zélé. Les personnes présentes lui soutiennent au contraire qu'il est hypocrite et menteur, mais Madame Pernelle refuse de se laisser distraire par de telles pensées. Lorsqu'elle quitte enfin le foyer d'Orgon, elle exhorte tout le monde à suivre les préceptes de Tartuffe.

Après son départ, Cléante et Dorine discutent de Tartuffe et s'accordent sur le fait qu'il a charmé Orgon. Damis, le fils de ce dernier, se demande si son père va encore permettre à Mariane d'épouser Valère. Damis doit absolument connaître les sentiments d'Orgon à ce sujet, car il veut se marier à la sœur de Valère. Il demande donc à Cléante d'interroger Orgon à propos de sa promesse d'autoriser le mariage.

Orgon paraît alors, mais il semble bien plus préoccupé par le bien-être de Tartuffe que par la santé de son épouse, qui est pourtant malade. Cléante essaie de discuter de Tartuffe avec lui, mais il échoue et découvre qu'Orgon n'est intéressé que par ses propres éloges sur Tartuffe. Lorsqu'on l'interroge sur le mariage prévu, il esquive les questions et refuse de donner une réponse directe.

Acte II

Lorsque sa fille arrive, Orgon lui dit qu'il a décidé de faire de Tartuffe un allié de la famille, et que le mieux dans cette optique est que Marine l'épouse. Cette dernière est si choquée qu'elle n'en croit pas ses oreilles.

Après le départ d'Orgon, Dorine, la suivante, réprimande Mariane pour ne pas avoir refusé à son père d'épouser Tartuffe. Le bien-aimé de la jeune femme, Valère, arrive à cet instant et l'accuse lui aussi d'avoir consenti au mariage. Dorine les écoute se disputer puis intervient pour les réconcilier, et leur promet de les aider à révéler aux yeux de tous l'hypocrisie de Tartuffe.

Acte III

Damis est outré par le comportement de Tartuffe, est il est donc déterminé à exposer à tous l'hypocrisie du faux dévot. Lorsqu'il entend ce dernier approcher, il se réfugie dans un petit cabinet pour se cacher. Elmire, la femme d'Orgon, arrive en même temps que Tartuffe et, pensant qu'ils sont seuls, celui-ci lui avoue ses sentiments et suggère qu'ils deviennent amants. Damis intervient alors et menace Tartuffe de tout révéler. Lorsqu'Orgon arrive, il essaie donc de l'informer des intentions de Tartuffe, mais Orgon est si aveuglé par celui-ci qu'il pense que son propre fils lui ment et essaie de diffamer Tartuffe. Il le déshérite sur le champ.

Seul avec Tartuffe, Orgon lui révèle ses plans pour faire de lui son seul héritier et son gendre. Ils partent exécuter ce plan.

Acte IV

Cléante confronte Tartuffe et tente de le raisonner, mais ce dernier ne lui répond que par des clichés religieux et, dès que l'occasion se présente, quitte rapidement la pièce. Orgon et Elmire paraissent et, lorsque l'épouse entend les plans d'Orgon, elle lui arrache la promesse qu'il se cachera sous une table pour observer le comportement de Tartuffe. Celui-ci arrive et, non seulement réitère ses déclarations d'amour pour Elmire, mais y ajoute aussi des commentaires désobligeants à propos d'Orgon.

Enfin convaincu de l'hypocrisie de celui qu'il considérait comme son maître spirituel, Orgon émerge de sa cachette et lui ordonne de quitter sa maison. Mais Tartuffe lui rappelle qu'il en est maintenant légalement le propriétaire, puisqu'Orgon a signé le jour même les papiers lui remettant ses biens. Resté seul avec sa femme, Orgon effrayé lui avoue que Tartuffe est en possession de certains documents qui pourraient compromettre sa réputation à la Cour.

Acte V

Lorsque Madame Pernelle arrive, il ne parvient pas à la convaincre que Tartuffe est un hypocrite. C'est seulement lorsque la nouvelle parvient que Tartuffe veut expulser toute la famille que la mère d'Orgon le croit enfin. Tartuffe débarque, accompagné d'officiers, mais au moment où la famille est sur le point d'être expulsée, l'officier révèle que le Roi a vu clair dans le jeu de Tartuffe et son hypocrisie, et qu'il a ordonné que ce dernier soit emprisonné pour cela et d'autres méfaits. Le Roi a également redonné à Orgon tous ses droits sur sa propriété.

III. PRÉSENTATION DES PERSONNAGES PRINCIPAUX

Orgon

Orgon est un personnage bien plus complexe que Tartuffe, qui lui est de façon évidente hypocrite et fourbe. On apprend dans la pièce qu'il a servi le Roi dans le passé et qu'il s'est occupé de ses biens avec rationalité et dignité. Il est également indiqué qu'avant que l'action ne débute, il était un homme sain d'esprit et respecté par sa famille comme par ses amis. La question, dès lors, se pose de savoir comment il a pu devenir le personnage absurde et ridicule de la pièce de Molière.

On a pu suggérer qu'Orgon, ayant atteint le milieu de sa vie, ait désormais eu besoin de s'attacher à une figure religieuse ; or Tartuffe est le plus accessible des modèles qu'il ait pu rechercher. Beaucoup de scènes dans la pièce ridiculisent ce genre de personnages qui ne peuvent plus prendre part avec succès aux activités sociales et qui, dès lors, s'en détachent et l'attaquent. Le fanatisme religieux d'Orgon, toutefois, semble beaucoup plus lié à sa nature fondamentale, qui est caractérisée par Cléante comme extravagante et non contrôlée à bien des égards.

Après avoir adopté une vie de piété, Orgon essaie de devenir une véritable incarnation de celle-ci, ce qui le mène à des extrêmes absurdes dans ses paroles comme dans ses actes. En revanche, lorsqu'il découvre l'hypocrisie de Tartuffe, il renverse cette tendance et se détermine lui-même à haïr et persécuter tous les hommes pieux.

Orgon, alors, apparaît comme un homme d'excès extravagants qui ne suit jamais une voie rationnelle et modérée, mais, au lieu de cela, fait des allers-retours entre les extrêmes.

Il est très intéressant de noter que l'une des contradictions de la pièce vient du fait qu'Orgon qui, tout en exprimant nombre des principes fondamentaux de l'Église et en accomplissant des actes pieux, est présenté comme un dupe dont les actions démontrent qu'il ne vit pas selon des normes de bon sens, de bon goût et de modération, qualités très admirées au temps de Molière.

Tartuffe

Dans de nombreuses éditions de la pièce de Molière, Tartuffe est appelé « l'Imposteur » ou « l'Hypocrite ». C'est en fait une fripouille qui peut endosser n'importe quel rôle et le maîtriser parfaitement. En tant qu'ascète religieux, il parvient à convaincre Orgon et Madame Pernelle qu'il est un homme pieux et humble, très dévoué à la religion. Son hypocrisie manifeste, toutefois, est claire pour le lecteur comme pour le public.

La supériorité de Tartuffe réside dans le fait qu'il sait détecter avec précision les faiblesses de ses victimes et les exploiter à son propre avantage. Ce n'est donc pas un simple charlatan ou un ignorant, mais bien un hypocrite alerte qui utilise tous les moyens pour parvenir à ses fins.

Le dramaturge a humanisé Tartuffe en le dotant d'un autre défaut. En effet, sa chute finale est due à sa luxure. Au lieu d'en faire un monstre étranger aux êtres humains, Molière montre comment le désir conduit le manipulateur à tomber le masque et révéler son hypocrisie aux yeux de tous.

Dorine

Dorine est un personnage théâtral que l'on rencontre dans de nombreuses comédies de Molière et qui est, de facto, devenu un type à part entière dans les comédies de toutes les époques. Elle représente le sage servant qui voit à travers toutes les machinations, les plans et devine les intentions de chacun, et qui, tout en étant inférieur socialement, se révèle supérieur en termes d'esprit. Entourée par le tyrannique et plein d'illusions Orgon, Tartuffe l'hypocrite et l'inefficace Mariane, Dorine nous apparaît à travers son intégrité, sa franchise et son honnêteté.

Dans la structure sociale de l'époque, Dorine est à la fois domestique et confidente de Mariane. Cela explique notamment ses manières franches de s'exprimer, par contraste avec un domestique plus « classique ». Elle donne toujours l'impression d'être la personne capable de percevoir la vérité au beau milieu d'une atmosphère d'hypocrisie et de fanatisme. Elle est celle qui exprime le mieux, de manière satirique, l'exaspération souvent ressentie par le public vis-à-vis de la conduite de certains personnages.

Damis

Fils d'Orgon, il est le frère de Mariane.

Elmire

La femme d'Orgon sait être très efficace dans ses actions, et bien plus réfléchie que son mari, dont elle incarne le double négatif sur de nombreux plans.

Madame Pernelle

La mère d'Orgon incarne l'obstination aveugle des générations passées, puisqu'elle ouvre la pièce sur ses remontrances à l'entourage de son fils, et est la dernière à reconnaître s'être trompée sur Tartuffe.

Mariane

Fille d'Orgon, elle est amoureuse d'un jeune homme nommé Valère. Mais son père veut la marier de force à Tartuffe. En tant que jeune femme obéissante, Mariane est dans l'embarras, car elle ne trouve pas les moyens de s'opposer à la volonté de son père.

Valère

Il est l'amant de Mariane.

Cléante

Le beau-frère d'Orgon est un homme d'une grande intelligence, très réfléchi, et qui tente de raisonner Tartuffe.

IV. AXES DE LECTURE

La dénonciation de l'hypocrisie à travers le personnage du « faux dévot », Tartuffe

Ce n'est sûrement pas un hasard si la pièce de Molière a été interdite pendant plus de cinq ans. Car, à travers le personnage de Tartuffe, le dramaturge s'est en fait attaqué à une tendance très représentative de son époque : la course à la piété à tout prix, qui a été marquée par l'apparition de nombreux « faux dévots » difficiles à distinguer des vrais hommes de foi. Car, au-delà de la comédie de mœurs, la religion est très présente tout au long de la pièce, à travers les discours, les allusions à l'Enfer, aux péchés, au pardon, mais aussi avec le personnage de Cléante qui, dans l'Acte I, attaque ouvertement la façade hypocrite de l'Église.

L'absurdité des conduites fanatiques

Au temps de Molière, un mouvement catholique prônant l'extrême piété acquiert de plus en plus de popularité : il s'agit du jansénisme. Cette doctrine prône la l'austérité et la prédestination et est accompagnée d'un impitoyable code moral. Le Pape Innocent X condamne le jansénisme en 1653 dans un Édit intitulé « Cum Occasione ».

Or Molière a bien connu l'éducation austère des Jésuites, et il parodie le jansénisme dans son *Tartuffe*, attaquant à travers lui tous les types de fanatisme. Toutefois, lorsque la pièce est présentée pour le Roi et sa Cour au palais de Versailles, le clergé la désapprouve car il estime qu'elle vise à faire une satire de tous les membres du clergé et de la religion catholique en général. Molière doit donc revoir sa pièce à deux reprises avant que le Roi approuve sa représentation en public. Le dramaturge, curieusement, est resté en disgrâce auprès de l'Église pour le restant de ses jours (malgré le fait qu'il ait été un catholique toute sa vie), car il a choisi d'écrire ses pièces, mais aussi d'y jouer. Or, à cette époque, jouer était considéré comme une profession de pécheur, et l'Église refusait la pleine communion à ceux qui se produisaient sur scène.

La crédulité

Orgon croit bêtement tout ce que lui dit Tartuffe, et approuve tout ce qu'il fait. Même si sa famille tente d'attirer son attention sur l'évidente hypocrisie de son guide spirituel, Orgon le soutient obstinément, allant même jusqu'à faire de lui son héritier et lui offrir la main de sa fille. La crédulité absolue d'Orgon représente l'attitude des fidèles qui acceptent un simulacre de religion. Elle représente également les victimes de l'hypocrisie sous toutes ses formes. Toutefois, dans sa parodie d'Orgon et de Tartuffe, Molière ne porte en aucune façon atteinte aux attitudes religieuses sincères.

Le caractère destructeur des obsessions

Dans *Tartuffe*, Molière fait la satire de l'obsession pour une piété trop rigide et une morale quasi anormale. Mais ce n'est pas Tartuffe, l'antagoniste de la pièce, qui souffre de cette fixation ; lui n'est qu'un charlatan qui prétend être un grand religieux. Au contraire, c'est le protagoniste Orgon qui vit sous l'emprise de l'obsession. Sa fascination névrosée pour les prêches de Tartuffe sur la religion et la sainteté est si puissante qu'il veut marier sa fille de force à son guide, ignore sa femme et déshérite son propre fils. À une époque où des hommes tels que le Tartuffe existaient vraiment, prêchant une forme austère de spiritualité, Molière s'est rendu compte du besoin d'en rire pour y remédier et dénoncer les hypocrites et les effets pervers des obsessions qu'ils véhiculent.

Dans la même collection en numérique

Escadrille 80

Inconnu à cette adresse

La controverse de Valladolid

Les Vilains petits canards

Une partie de campagne

Cahier d'un retour au pays natal

Dora Bruder

L'Enfant et la rivière

Moderato Cantabile

Alice au pays des merveilles

Le faucon déniché

Une vie

Chronique des Indiens Guayaki

Je voudrais que quelqu'un m'attende quelque part

La nuit de Valognes

Œdipe

Disparition Programmée

Education européenne

L'auberge rouge

L'Illiade

Le voyage de Monsieur Perrichon

Lucrèce Borgia

Paul et Virginie

Ursule Mirouët

Discours sur les fondements de l'inégalité

L'adversaire

La petite Fadette

La prochaine fois

Le blé en herbe

Le Mystère de la Chambre Jaune

Les Hauts des Hurlevent

Les perses

Mondo et autres histoires

Vingt mille lieues sous les mers

99 francs

Arria Marcella

Chante Luna

Emile, ou de l'éducation

Histoires extraordinaires

L'homme invisible

La bibliothécaire

La cicatrice

La croix des pauvres

La fille du capitaine

Le Crime de l'Orient-Express

Le Faucon malté

Le hussard sur le toit

Le Livre dont vous êtes la victime

Les cinq écus de Bretagne

No pasarán, le jeu

Quand j'avais cinq ans je m'ai tué

Si tu veux être mon amie

Tristan et Iseult

Une bouteille dans la mer de Gaza

Cent ans de solitude

Contes à l'envers

Contes et nouvelles en vers

Dalva

Jean de Florette

L'homme qui voulait être heureux

L'île mystérieuse

La Dame aux camélias

La petite sirène

La planète des singes

La Religieuse

1984 A l'Ouest rien de nouveau

Aliocha

Andromaque

Au bonheur des dames

Bel ami

Bérénice

Caligula

Cannibale

Carmen

Chronique d'une mort annoncée
Contes des frères Grimm
Cyrano de Bergerac
Des souris et des hommes
Deux ans de vacances
Dom Juan
Electre
En attendant Godot
Enfance
Eugénie Grandet
Fahrenheit 451
Fin de partie
Frankenstein
Gargantua
Germinal
Hamlet
Horace
Huis Clos
Jacques le fataliste
Jane Eyre
Knock
L'homme qui rit
La Bête humaine
La Cantatrice Chauve
La chartreuse de Parme
La cousine Bette
La Curée
La Farce de Maitre Pathelin
La ferme des animaux
La guerre de Troie n'aura pas lieu
La leçon
La Machine Infernale
La métamorphose
La mort du roi Tsongor
La nuit des temps
La nuit du renard
La Parure

La peau de chagrin

La Petite Fille de Monsieur Linh

La Photo qui tue

La Plage d'Ostende

La princesse de Clèves

La promesse de l'aube

La Vénus d'Ille

La vie devant soi

L'alchimiste

L'Amant

L'Ami retrouvé

L'appel de la forêt

L'assassin habite au 21

L'assommoir

L'attentat

L'attrape-coeurs

Le Bal

Le Barbier de Séville

Le Bourgeois Gentilhomme

Le Capitaine Fracasse

Le chat noir

Le chien des Baskerville

Le Cid

Le Colonel Chabert

Le Comte de Monte-Cristo

Le dernier jour d'un condamné

Le diable au corps

Le Grand Meaulnes

Le Grand Troupeau

Le Horla

Le jeu de l'amour et du hasard

Le Joueur d'échecs

Le Lion

Le liseur

Le malade imaginaire

Le Mariage de Figaro

Le meilleur des mondes

Le Monde comme il va

Le Parfum

Le Passeur

Le Petit Prince

Le pianiste

Le Prince

Le Roman de la momie

Le Roman de Renart

Le Rouge et le Noir

Le Soleil des Scortas

Le Tartuffe

Le vieux qui lisait des romans d'amour

L'Ecole des Femmes

L'Ecume Des Jours

Les Bonnes

Les Caprices de Marianne

Les cerfs-volants de Kaboul

Les contes de la Bécasse

Les dix petits nègres

Les femmes savantes

Les fourberies de Scapin

Les Justes

Les Lettres Persanes

Les liaisons dangereuses

Les Métamorphoses

Les Mouches

Les Trois mousquetaires

L'étrange cas du Dr Jekyll et de Mr Hyde

L'Ile Au Trésor

L'île des esclaves

L'illusion comique

L'Ingénu

L'Odyssée

L'Ombre du vent

Lorenzaccio

Madame Bovary

Manon Lescaut

À propos de la collection

La série FichesdeLecture.com offre des contenus éducatifs aux étudiants et aux professeurs tels que : des résumés, des analyses littéraires, des questionnaires et des commentaires sur la littérature moderne et classique. Nos documents sont prévus comme des compléments à la lecture des oeuvres originales et aide les étudiants à comprendre la littérature.

Fondé en 2001, notre site FichesdeLectures.com s'est développé très rapidement et propose désormais plus de 2500 documents directement téléchargeables en ligne, devenant ainsi le premier site d'analyses littéraires en ligne de langue française.

FichesdeLecture est partenaire du Ministère de l'Education du Luxembourg depuis 2009.

Plus d'informations sur www.fichesdelecture.com

 **Notes :**